Primera edición: septiembre 1992
Sexta edición (1.ª cartoné): septiembre 1997
Octava edición: marzo 2001

Dirección editorial: María Jesús Gil Iglesias
Colección coordinada por M.ª Carmen Díaz-Villarejo
Traducción del inglés: Isabel Cano
Ilustraciones: Rosemary Wells

Título original: *Max's Dragon Shirt*
© Rosemary Wells, 1991
© Ediciones SM, 1992
    Joaquín Turina, 39 - 28044 Madrid

Comercializa: CESMA, SA - Aguacate, 43 - 28044 Madrid

ISBN: 84-348-5708-1
Depósito legal: M-4315-2001
Preimpresión: Grafilia, SL
Impreso en España/*Printed in Spain*
Imprenta RAIZ TG, SL - Gamonal, 19 - 28031 Madrid

La camiseta de Max

Rosemary Wells

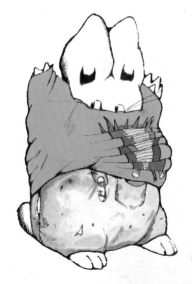

Joaquín Turina 39 28044 Madrid

Max tenía unos pantalones azules muy viejos.
Eran sus pantalones preferidos.
—Max, esos pantalones están asquerosos
—le dijo su hermana Rosa.

—Vamos a comprarte unos nuevos -dijo Rosa.

—¡Yo quiero una camiseta con un dragón!
-contestó Max.

—No, Max -le dijo su hermana-.
Mamá sólo me ha dado mil pesetas
para comprarte unos pantalones.
Y no nos sobrará nada.

8

Mientras se dirigían a la planta infantil,
osa vio un vestido rojo.
l vestido era precioso.

"¡Qué divertido sería probárselo!", pensó Rosa.
Pero le quedaba muy estrecho.
Rosa decidió probarse otro vestido.

–Max, espera aquí, no te muevas –ordenó Rosa.
–¡Yo quiero una camiseta con un dragón!
–dijo Max.
–Max, cuando compremos tus pantalones nuevos,
o nos quedará dinero.

Rosa se probó un vestido verde.
Pero le quedaba muy grande.
—Espérame un momento, Max —ordenó Rosa.

osa volvió con un vestido lila.
vestido lila era horroroso.
Vuelvo inmediatamente, Max -dijo Rosa.

Al cabo de un rato, Max se despertó.
Rosa no estaba.

...e a buscarla.

...o un vestido amarillo

...lo siguió por la planta de jóvenes...

Pasó por la sección de sombreros...

por fin llegó a la planta infantil.
llí encontró una camiseta con un dragón.
-Quiero la camiseta del dragón, por favor
dijo Max.

Pero quien llevaba el vestido amarillo
no era Rosa.
Era otra joven.

Max empezó a gritar.

Al oír los gritos, Rosa corrió al probador.
Max no estaba.

Rosa no veía a su hermano por ningún sitio.

Bajó a la perfumería por la escalera mecánica.
—¿Ha visto a un pequeño con pantalones azules?
-preguntó Rosa a la vendedora.
—No, pero este perfume azul huele muy bien
-le respondió.

-¿Buscas una aspiradora?
-preguntó el vendedor de electrodomésticos.
-No. Busco a un pequeño con pantalones azules
-contestó Rosa.

Rosa subió a la planta infantil.
—¡Max, Max! ¿Dónde te has metido? -gritó.
—¿Buscas a alguien? -preguntó la vendedora.

-Busco a un pequeño con pantalones azules
contestó Rosa.
-Yo he visto a uno con una camiseta verde.
Buscaba a su hermana y me dijo que llevaba
un vestido amarillo -dijo la vendedora.
-¡Soy yo! -gritó Rosa.
-No, tú no eres. Si no veo mal, tu vestido es lila
contestó la vendedora.

—Ponte el vestido amarillo —le dijo la vendedora.
Luego, la acompañó al restaurante.
—Hay rebajas de pantalones. Cuestan mil pesetas.
Podrías comprarle unos nuevos a tu hermano
—le dijo la vendedora.

Max se estaba comiendo un helado
con dos policías y la joven del vestido amarillo.
La camiseta estaba llena de manchas.
Tenía helado de chocolate, de fresa y de menta.
—¡Esa camiseta cuesta mil pesetas!
dijo la vendedora.

Rosa tuvo que comprarla.

—¡Yupiii! No nos queda dinero —dijo Max.